Hartmut Lange

Am Osloer Fjord oder der Fremde

NOVELLEN

Diogenes

Covermotiv: Gemälde von René Magritte, ›L'Écho‹, 1944,
Öl auf Leinwand

Der Diogenes Verlag wird vom Bundesamt für Kultur
für die Jahre 2021–2024 unterstützt

www.diogenes.ch
30/22/852/1
ISBN 978 3 257 07208 2

Ich danke Ulrike für ihre Mitarbeit

Inhalt

Am Osloer Fjord
oder
der Fremde

Es war wieder einmal so weit: Die Welt war, wie man so sagt, aus den Fugen. Seit Jahren beherrschte ein Virus, das sogenannte COVID-19, das zivilisierte Leben, und außerdem bestand die Möglichkeit, dass ein Asteroid sich der Erde näherte, um sie zu zerstören. Einer solchen Stimmung konnte man sich, wie ich meinte, nicht entziehen, und so kam es, dass ich, obwohl meine Vorliebe vor allem der Gegend um Rom galt, dass ich eines Tages am Osloer Fjord stand und aufs offene Meer hinaussah.

Hier war alles karg, irgendwie unbewohnt, und wenn das Wetter wechselte, wirkte der Himmel nicht frei, sondern er schob sich als schnurgerade Wolkenwand wenige Meter, so schien es mir, über die Erde wie ein Vorhang, den man zu drei Vierteln geschlossen hatte.

Auf der Insel, auf der ich mich befand und von der aus man Oslo unmittelbar im Rücken hatte, begann die Dämmerung, die rasch fortschritt, und doch war ich in der Lage, wenn auch nur schemenhaft, den Umriss einer Person zu erkennen. Sie hielt sich leicht gebeugt, der Mantel war geöffnet, und da ein Wind ging, war jener, der auf mich zukam, gezwungen, die Enden, die herumflatterten, festzuhalten, und als wir auf gleicher Höhe waren und uns fast berührten, machte er keinerlei Anstalten, stehen zu bleiben oder mich zu grüßen. Er ging weiter, bis er in der Dämmerung verschwand. Ich sah noch, dass er keinen Mantel, sondern einen Gehrock trug und dass sein Äußeres überhaupt den Eindruck vermittelte, er wäre aus einer anderen Zeit.

In die Pension zurückgekehrt, zog ich mein Handy aus der Jackentasche, rief ein paar Freunde an, erzählte ihnen, wie angenehm und abwechslungsreich die Tage und Nächte hier im Norden waren, aber meine Begegnung mit jenem, der in der Dämmerung aufgetaucht und wieder verschwunden war, erwähnte ich mit keinem Wort. Und nun wäre es wahrscheinlich vernünftiger gewesen, in der Pension zu bleiben oder die Gegend auf kürzestem Wege zu verlassen. Stattdessen stand ich am nächsten Tag wieder am Fjord und sah aufs Wasser hinaus.

›Im Süden ist die Welt lebendiger‹, dachte ich, und während ich dies dachte, hörte ich ein Geräusch in meinem Rücken. Es war der Fremde.

»Entschuldigung«, sagte er, der bewegungslos dastand. »Entschuldigung«, wiederholte er, »ich will nicht, dass Sie sich meinetwegen Gedanken machen, aber wäre es unhöflich zu fragen, was Sie veranlasst hat, in diese Gegend zu kommen?«

Ich hatte keinerlei Mühe zu antworten. Im Gegenteil: Ich war froh, dass ich meinen Aufenthalt am Osloer Fjord jemandem verständlich machen konnte.

»Das Überleben der Menschheit steht wieder einmal auf dem Spiel«, sagte ich. »Entweder wir erliegen einer Virenseuche oder dem Einschlag eines Asteroiden, und es ist offenkundig, dass man dergleichen in der klaren Luft des Nordens besser als im diesigen Süden beobachten und ertragen kann.«

»Verstehe«, sagte der andere, »aber der Untergang, den Sie so sehr fürchten, ist längst im Gange, und es gibt genügend Mittel, dies auch noch und besonders grausam in Szene zu setzen, als da wären ... Erhängen, Erschießen, Vergasen. Auf das kosmische Gestein oder ein paar wild gewordene Viren ist keinerlei Verlass. Da waren wir, und mit der gleichen Absicht, erfolgreicher. Kennen Sie die Guillotine? Zugegeben, sie ist ineffektiv und altmodisch, aber immer noch eine poetische Form, dem Untergang Geltung zu verschaffen.«

›Die Guillotine! Warum sagt er mir das?‹, dachte ich.

Ich wandte mich ab, spürte, wie unmöglich es war, mich weiter in der Nähe dieses Mannes aufzuhalten. Die Gegend am Osloer Fjord war, das wusste ich jetzt, was die Erfahrungen des Unmöglichen betraf, durchaus beunruhigend. Und konnte es sein, dass der Fremde mit jener berüchtigten Tötungsmaschine, die 1792 während der Französischen Revolution eingeführt wurde, etwas zu tun hatte? Immerhin stammte er aus einer anderen Zeit und war ähnlich gekleidet wie die Männer, die das Fallbeil umstanden. Da war die gleiche Weste, der enge Gehrock, der geschlossene Hemdkragen.

›Er sieht aus wie einer von ihnen‹, dachte ich, ›und sollte es so sein, dann wäre ich tatsächlich einem Henkersknecht begegnet.‹

Ich kehrte in die Pension zurück, telefonierte wieder mit meinen Freunden, sprach davon, dass ich versuchen würde, ein bequemeres Hotel zu finden.

»Dann mache ich Urlaub und gehe schwimmen, nichts weiter als schwimmen«, sagte ich.

Und die Möglichkeit, dass mir jemand irgendwann, sowie ich im Freien war, wieder im Rücken stehen könnte, erwähnte ich mit keinem Wort.

Das Hotel, das ich mir schließlich ausgesucht

hatte, befand sich einige Kilometer weiter landeinwärts, wo inmitten einer Hügellandschaft Straßen und Einfamilienhäuser zu sehen waren und wo sich der Eindruck von urbaner Kargheit wiederholte. Aber als ich mit meinem Koffer an der Rezeption stand, teilte man mir mit, dass man auf Anordnung höheren Orts leider gezwungen sei, vorzeitig die Zimmer abzuschließen. Auch hatte man das Wasser in dem Becken, in dem ich schwimmen wollte, abgelassen, und die Dämmerung, die jeden Tag einige Minuten früher begann, machte mir immer mehr zu schaffen.

Als ich das letzte Mal, ich war auf dem Weg zum Flughafen, das Handy hervorzog, um meine Freunde zu informieren, dass ich noch am selben Tag den Osloer Fjord verlassen würde, als ich den Taxistand erreichte, hier begann ein kleiner Park, entdeckte ich plötzlich, dass jemand mit baumelnden Beinen auf dem untersten Ast einer Linde saß. Es war der Fremde, und auch er hatte ein Gepäckstück in der Hand. Offenbar hatte er auf mich gewartet. Ich wich ihm aus, dies wollte er nicht gelten lassen, also sprang er auf die Straße, wobei ihm das Gepäckstück aus der Hand rutschte. Und nun blieb mir nichts anderes übrig, als ihm beim Aufsammeln der Gegenstände, die herausgefallen waren, behilflich zu sein.

»Ich danke Ihnen«, sagte jener, den ich im Verdacht hatte, dass er an einer Guillotine beschäftigt gewesen war. »Wie ich sehe, wollen Sie die Gegend am Fjord verlassen, das könnten wir gemeinsam tun.«

Für Augenblicke standen wir uns gegenüber.

»Tja«, sagte der Fremde schließlich, »es ist an der Zeit zu gehen.«

Ich winkte ein Taxi herbei, hoffte darauf, dass ich, sobald ich die Tür neben meinem Sitz geschlossen hätte, nicht mehr gezwungen sein würde, mir sein Gerede anzuhören. Aber der andere war schneller als ich. Kaum hatte ich meinen Koffer abgestellt, saß er bereits neben mir. Doch wo wollte er, der nicht mehr unserer Zeit angehörte, hin! Vielleicht wollte er sich, da er meinen Unwillen bemerkt hatte, nochmals erklären.

»Sehen Sie«, sagte er, als wir die Schnellstraße erreicht hatten, »die Guillotine habe ich nur erwähnt, um Ihnen zu beweisen, dass das gegenseitige Quälen und Töten des Menschen allerüblichste Gewohnheit sind. Überhaupt ist das Töten kein Verbrechen, sondern eine Art Wille zur Kultur.«

»Sie hatten also Spaß am Töten?«

»Ja, warum nicht? Wir hatten viele Zuschauer«, sagte der Fremde, wobei er, als würde er etwas suchen, an seinem Gepäckstück herumhantierte.

Draußen begann es zu regnen, und da war sie wieder, die schnurgerade Wolkenwand, die sich wenige Meter, als wäre sie ein Vorhang, über die Erde schob, und die suchenden Blicke nach dem Asteroiden erschienen mir, bei allem, was ich erfahren hatte, beinahe sinnlos. Auch der Taxifahrer hatte offenbar Mühe, sich zu orientieren. Jedenfalls sah man, dass er, sowie wir den Fjord erreicht hatten, nach Süden statt nach Norden in Richtung Gardermoen abbog und also gezwungen war, mehrere Male im Kreis zu fahren. Zuletzt saß ich aber doch mit meinem Koffer am Flughafen in einer Ecke der Empfangshalle.

Es herrschte gähnende Leere. Seit meiner Ankunft war offenbar einiges passiert. Ob sich vom Kosmos her etwas näherte, das die Behörden veranlasst hatte, den Flugverkehr zu unterbrechen, oder ob das sogenannte COVID-19-Virus, das mir bisher nicht begegnet war, dazu geführt hatte, dass es niemanden mehr gab, der bereit war, die allernötigsten Auskünfte zu erteilen, wusste ich nicht zu sagen. Aber irgendwann öffnete sich eine Schiebetür, und wer nun eintrat, der wirkte, als könnte er meiner Ratlosigkeit, ja der sterilen Ödnis ringsherum widersprechen.

Es war der Fremde. Er schob etwas vor sich her, das mir Angst machte und Schritt für Schritt näher kam, und zuletzt war da, obwohl ich immer noch in einer Ecke der Empfangshalle saß, nichts weiter zu sehen als ein freier Platz. In der Mitte ein Podest, das man über eine Steintreppe erreichen konnte, und hier befand sich eine Art Bahre, deren Kopfende über ein Hindernis hinweg ins Freie hinausragte. Das Hindernis war eine Klappe zwischen Kopf und Kragen, und wer hier zu liegen kam, konnte für Augenblicke das Fallbeil sehen, das ihn zerstückeln sollte. Ein Klicken, ein Aufschrei, ein zitterndes Geräusch, dann waren Rumpf und Kopf voneinander getrennt.

Lisa Svensson
oder
das Sterben der Mimi

Man kennt die abrupte, die unbedingte Geste, mit der Puccini die Oper *La Bohème* enden lässt. Die todkranke Mimi liegt auf dem Sofa, dankbar nimmt sie den Muff, den man ihr reicht, entgegen.

Pianger così perché?
Qui, amor ... sempre con te!
Le mani ... al caldo ... e dormire.

Das sind ihre letzten Worte, und das Opernhaus, in dem man sich befand, war eine Gelegenheit zur Karriere. Es wurde 1832 gegründet, mehrmals zerstört und neu aufgebaut, und die moderne Fassade war kein Hindernis, etwas Altmodisches, nämlich die großartige Symbiose von Neuromantik und Impressionismus, gelten zu lassen, und dass man mit Puccinis Oper *La Bohème* Erfolg hatte, lag nicht zuletzt an der norwegischen Sängerin Lisa Svensson, die beim Publikum besonders beliebt war. Umso erstaunlicher also, dass ebendiese Svensson, eines Abends, nachdem sie wieder auf so eindrucksvolle Weise gestorben und gefeiert worden war, so etwas wie ein Unbehagen verspürte.

Es begann damit, dass sie, wie es ihre Gewohnheit war, auf der linken Seitenbühne stand und auf ihren Auftritt wartete und dass Musetta beinahe zu spät kam, um sie in die Mansarde zu führen, so dass sie glaubte, sie müsse dies wie ein Versäumnis auf der Bühne ungeschehen machen. Auch das Duett mit Rodolfo, nachdem man sie auf das Sofa gebettet hatte, brachte ihr an diesem Abend nicht, worauf sie sich stets verlassen konnte, ein Gefühl von Zufriedenheit. Etwas zu hastig griff sie nach dem Muff, den Musetta ihr reichte, und in der Stille, die folgte, man wartete auf den Arzt, in dieser Stille fiel es der Svensson schwer, unbeweglich dazuliegen.

Es folgten Musettas Gebet an die Heilige Jungfrau und Schaunards Flüstern »è spirata«, und nach dem verzweifelten Ausruf Rodolfos »Mimi, Mimi, Mimi« fiel schon der Vorhang, und jene, die eben noch getrauert hatten, standen gemeinsam auf der Bühne und nahmen den Beifall des Publikums entgegen.

Nur in der ersten Reihe gab es jemanden, der, anstatt sich wie die anderen zu erheben, sitzen blieb und, als würde er sich langweilen, in dem

Programmheft herumzublättern begann. Dies schien niemanden zu interessieren. Aber die Svensson sah, wie der andere, anstatt, was alle taten, ihr zuzujubeln, wie er sich zur Seite drehte, dorthin, wo er die Tür zum Foyer im Blick hatte.

›Er scheint es eilig zu haben‹, dachte sie, ärgerte sich aber gleichzeitig, dass sie derlei überhaupt zur Kenntnis nahm.

Bei der nächsten Vorstellung, als sie auf dem Sofa lag und das berühmte Duett mit Rodolfo sang, ertappte sie sich dabei, wie sie, während Rodolfo liebevoll ihre Hände berührte, zur Seite sah, und nun hatte sie die erste Parkettreihe im Blick, wo wieder jemand saß, der im Programmheft herumblätterte.

Als sie sich wenig später vor dem Publikum verbeugte, gelang es ihr, den Fremden nicht zu beachten. Das heißt, sie sah immer nur, indem sie den Kopf hob, in die oberen Ränge, und so konnte sie auch nicht sagen, ob der Fremde, als der Vorhang fiel, immer noch in der Nähe war. Offenbar war dies der Fall, denn in die Garderobe zurückgekehrt, fand sie auf ihrem Schminktisch ein Schreiben vor.

»Erstaunlich, wie Sie es schaffen, derart kunstvoll auf der Bühne zu sterben, um sich wenig später vom Publikum bejubeln zu lassen«, stand da in Druckbuchstaben.

Der Brief war unverschlossen und nicht frankiert, es fehlte der Absender, und die Svensson beschloss, mit jemandem darüber zu reden.

»Ich habe ein Problem«, sagte sie und hielt jenem, der die Rolle des Rodolfo spielte und mit dem sie befreundet war, den Brief hin. »Ich weiß nicht, wer mir das geschrieben hat, und ich sollte es wegwerfen, aber im Zuschauerraum, und zwar rechts außen in der ersten Reihe, saß vor Kurzem jemand, den ich im Verdacht habe.«

»Das werden wir klären«, sagte der Freund, und am Nachmittag sah man, wie die beiden im Zuschauerraum unterwegs waren. Vor dem Sitz in der ersten Reihe, direkt neben dem Gang, blieben sie stehen.

»Ich habe mich erkundigt«, sagte Conte. »Der Platz wird nicht verkauft, er bleibt reserviert für prominente Besucher«, fügte er hinzu und gab der Svensson den Brief, den sie ihm überlassen hatte, zurück.

Er schlug vor, sich für den Abend in einem Bistro, das sie von früher her kannten, zu verabreden. Man bestellte eine Kleinigkeit, trank Rotwein, sah zu, wie der Ober Teller und Besteck abräumte, studierte die Karte, um einen Nachtisch zu bestellen, und bevor man mit der Crème brulée fertig war, sagte die Svensson plötzlich:

»Ich muss immer an diesen Satz denken, der auf

dem Zettel stand. Wer ihn auch geschrieben hat, ich finde, er hat recht: Wir spielen auf der Bühne das große Sterben, um uns anschließend bejubeln zu lassen. Wo hast du den Brief?«

»Den habe ich dir zurückgegeben.«

Diese Antwort wollte die Svensson nicht gelten lassen.

Sie bestand darauf, das Bistro zu verlassen, und als Conte vorschlug, ein Taxi zu bestellen, erklärte sie, dass sie nochmals in ihre Garderobe zurückkehren wolle.

»Ich muss den Brief wiederfinden. Ich hoffe, ich habe ihn nicht in den Papierkorb geworfen«, sagte sie, und kurz darauf sah man die beiden vor dem Bühneneingang, der wie immer um diese Zeit verschlossen war.

Was folgte, war für Conte ein Grund, sich Sorgen zu machen. Es begann damit, dass die Svensson bei der nächsten Vorstellung ihren Schwächeanfall im ersten Akt nicht wie sonst mit einer gewissen Leichtigkeit ausführte, nein, es fiel ihr tatsächlich schwer, den Schlüssel, den sie fallen gelassen hatte, wiederzufinden, und als Rodolfo ihn aufhob und in die Tasche steckte, hatte sie Mühe, sich aufzurichten.

Dann kam der zweite Akt, der die Svensson schon immer genervt hatte, vor allem die Massenszenen und Chorgesänge, und sie war froh, als sich der Vorhang zum dritten Akt hob. Jetzt endlich konnte sie, und unter heftigen Hustenanfällen, ihre Verzweiflung über Rodolfos Untreue loswerden, und hier spätestens war es Conte unmöglich, darüber hinwegzusehen, dass die Svensson alle Souveränität, die die Musik ihr vorgab, außer Acht ließ.

»Geht es dir gut«, wollte er ihr zuflüstern, fand aber keine Gelegenheit, und im vierten Akt bemerkte er, wie zögernd, wie kraftlos sie seine Liebeserklärung erwiderte und dass es ihr nicht mehr gelang, das trostlose Sterben einer Schwindsüchtigen bis in die Höhen unbedingter Poesie zu treiben.

Nach seinem Aufschrei »Mimi, Mimi, Mimi« dauerte es eine Weile, ehe sie sich erhob und vor das Publikum trat, und, in die Garderobe zurückgekehrt, saß sie eine Weile unentschlossen da. Sie hatte Conte zu sich gebeten, der aber nicht bereit war, wieder darüber zu reden, ob da jemand gelangweilt in der ersten Reihe gesessen hatte.

»Entschuldige«, sagte sie, »aber es fällt mir neuerdings schwer, so bewegungslos auf dem Sofa dazuliegen.«

»Das haben wir bemerkt«, antwortete Conte.

Für Augenblicke herrschte Schweigen, dann verließ Lisa Svensson die Garderobe. Offenbar sah sie keinen Grund mehr, mit ihm über ihren Zustand zu reden. Sie ging geradewegs auf die Seitenbühne, griff in die Manteltasche, vielleicht suchte sie wieder nach dem Brief. Conte war ihr gefolgt, sah, wie sie mit ausgestrecktem Arm auf den Platz in der ersten Reihe wies. Er berührte ihre Schultern und zog sie aus dem Halbdunkel ins hellere Licht zurück.

»Da ist niemand. Auch wenn du jemanden gesehen hast, glaube mir, da ist niemand«, sagte er und versuchte, die Freundin zu umarmen. »Lisa«, sagte er, »es gibt nichts, was dich beunruhigen müsste. Und wenn du dich dauernd mit diesem Brief, wer immer ihn geschrieben hat, beschäftigst, wie wollen wir dann weiter zusammen singen!«

Die Svensson riss sich von ihm los, und Conte hatte nun nicht mehr den Willen und auch nicht mehr die Kraft, sie zurückzuhalten. Er ahnte, wie schwierig es sein würde, sich einer Einbildung, auch wenn sie keine Gründe geltend machen konnte, zu entziehen, und er rechnete damit, dass Puccinis Oper *La Bohème* verschoben oder umbesetzt werden würde, falls die Svensson darauf bestand, sich vor einem Publikum, das das Sterben beklatschte, nicht mehr zu verbeugen.

Die Absinthtrinkerin

Gibt es einen Ort der Ewigkeit? Und könnte es sein, dass einem dort etwas passiert, das man nie und nimmer für möglich gehalten hat? Allerdings. Es ist das Musée d'Orsay. Wenn man sich diesem Gebäude nähert, wird man den Eindruck nicht los, es stünde schon sehr, sehr lange dort. Ursprünglich war es ein Bahnhof, der um 1900 erbaut worden war, und die Entscheidung, das Ganze in ein Museum umzuwandeln, fiel erst im Jahr 1977. Seitdem kann man auf sechzehntausend Quadratmetern mehr als viertausend Exponate besichtigen. Es sind Gemälde, Skulpturen, Grafiken aus der Zeit zwischen 1848 und 1914, und was mich dazu veranlasste, den imposanten Bau jedes Mal, wenn ich in Paris war, zu besuchen, war ein einziges Detail: Es war Edgar Degas' Gemälde *Der Absinth*, von dem ich fasziniert war.

Das hochformatige, 92 mal 98 Zentimeter große Ölgemälde zeigt ein Interieur, das in der Zeit des Impressionismus entstanden ist. Zu erkennen sind ein Mann und eine Frau, die sich in einem Café aufhalten. Die Frau trägt einen dunkelroten bodenlangen Rock und eine rosafarbene Jacke mit einem weißen Kragen. Ihre Haare sind hochgesteckt und werden von einem hellgrauen Hut bedeckt. Neben der Frau sitzt ein Mann mittleren Alters. Seine Kleidung ist dunkel gehalten, lediglich ein weißes Tuch bildet den Kontrast zu seiner schwarzen Jacke. Vor den beiden steht ein Tisch, darauf zwei Gläser. Das rechte Glas ist mit einem bräunlichen Getränk, das linke mit Absinth gefüllt. Im Hintergrund erkennt man eine mit einem Vorhang versehene Fensterreihe, und der geringe Lichteinfall durch ebendiese Fenster lässt darauf schließen, dass es sich um eine abendliche oder nächtliche Situation handelt.

Ich liebe die Dämmerung, so dass ich auch diesmal versuchte, wenige Minuten, bevor man das Museum schloss, anwesend zu sein, und offenbar war es der hoffnungslose, in sich gekehrte, ja todernste Anblick der Frau, der mich veranlasste, ein paar tröstende Worte zu sagen.

»Mademoiselle«, flüsterte ich, »auch wenn es Ihnen nicht gefällt, in endgültiger Traurigkeit mit einem Glas Absinth vor den Augen in aller Ewigkeit dazusitzen, glauben Sie mir, man hat Sie von der Sterblichkeit befreit, und etwas Besseres kann man sich nicht wünschen.«

Als ich die Garderobe betrat, um meinen Mantel zu holen, hörte ich, ich wusste nicht, woher, eine Stimme, sehr leise, als wäre sie nur für mich bestimmt:

»Interessant. Sie wollen also jemanden trösten, der nicht mehr anwesend ist? Haben Sie vergessen, wer dort, und auf so eindringliche Weise, porträtiert wurde? Mein Name ist Ellen Andrée, und ich war, auch wenn es lange her ist, einmal sehr berühmt.«

Ich sah mich um, konnte niemanden erkennen, aber ich wusste natürlich, dass Degas diese Schauspielerin darum gebeten hatte, für ihn in seinem Atelier Modell zu sitzen. Später, nachdem das Bild ausgestellt worden war, musste er den Vorwurf entkräften, er hätte sie damit als Absinthtrinkerin denunziert.

Ich fuhr in mein Hotel, und bis zum Abendessen gelang es mir, die Irritation, die mich beim heutigen Besuch im Museum erfasst hatte, zu vergessen. Es gab auch keinen Grund, mir, nachdem ich ein paar Worte geflüstert hatte, einzubilden, man hätte darauf geantwortet. Ich wusste schließlich, was Degas veranlasst hatte, etwas auf so eindringliche Weise zu malen.

Am Vormittag darauf, ich war wieder zum Musée d'Orsay unterwegs, überlegte ich, ob ich mich dem Eingang nähern sollte oder ob es nicht besser wäre, mich in der Stadt anderweitig umzusehen.

Als ich schließlich doch die Garderobe betrat, musste ich warten, bevor ich den Mantel abgeben konnte, und wieder glaubte ich, eine Stimme zu hören.

»Schön, dass Sie wieder da sind«, hörte ich, und mir wurde klar, dass ich Mühe haben würde, vorurteilsfrei und mit dem üblichen Gefühl der Bewunderung vor das Gemälde zu treten.

Der Raum war überfüllt, so dass ich gezwungen war, mich einer Gruppe anzuschließen, und es dauerte eine Weile, bevor man das Bild freigab.

›Es ist immer dasselbe‹, dachte ich. ›Der Mann blickt nach links, sie auf abwesende Weise vor sich hin, und die Karaffe mit dem Absinth ist beinahe leer.‹

Aber war da nicht wieder die Stimme? Wollte man mich, indem man sich beschwerte, daran hindern, etwas zu bewundern, das mir als Beweis galt, wie strikt und bedingungslos die Kunst in der Lage ist, die fundamentale Verlorenheit des Menschen darzustellen?

Am Wochenende war ich damit beschäftigt, Fotos und Gemälde, die von Ellen Andrée bei Wikipedia veröffentlicht waren, anzusehen, und es war schon bemerkenswert, mit welcher Fülle diese

Schauspielerin der Nachwelt erhalten geblieben ist. Allerdings auf belanglose Weise, und es gab, davon war ich überzeugt, nur dies eine Porträt, nämlich *Der Absinth* von Degas, an dem ich mich nicht sattsehen konnte.

»Erstaunlich«, wollte ich sagen, als ich wieder in die Garderobe trat, »erstaunlich zu sehen, wie präsent Sie zu Ihrer Zeit waren. Fast wie ein Supermodel von heute. Aber hätte Degas nicht das Glas und die Karaffe mit dem Absinth hinzugefügt, Sie wären weit weniger berühmt.«

»Das ist nicht mein Problem«, hörte ich jemanden antworten. »Hauptsache, man zwingt mich nicht, immer nur vor diesem Glas mit Absinth zu sitzen. Ich bin keine Trinkerin. Ich habe mich lediglich bereit erklärt, die Rolle einer unglücklichen Frau zu spielen, und das ist mir, wie Sie sehen, sehr gut gelungen. Aber Glas und Karaffe müssen weg, und Sie könnten mir dabei behilflich sein.«

›Glas und Karaffe müssen weg ... Was meint sie damit!‹

Ziellos begann ich, in den Räumen des Museums hin- und herzugehen, grübelte darüber nach, was genau man von mir verlangte.

Sollte ich mir etwa ein Messer besorgen und, beginnend links am oberen Bildrand, schräg über Schulter und Absinthglas hinweg, bis hin zur weißen Manschette des Mannes, einen scharfen Schnitt ausführen?

›Unmöglich‹, dachte ich, spürte aber, dass ich diesen absurden Gedanken so schnell nicht wieder loswerden würde.

Ich beschloss, erst einmal ins Bistro zu gehen, um etwas zu trinken, und nun, während ich auf die Bedienung wartete, ertappte ich mich dabei, wie ich den Kasten mit dem Besteck, der auf dem Tresen stand, beobachtete.

Dort lagen neben Gabeln und Löffeln auch einige Messer, und warum ich, und ohne zu zögern und nachdem ich mich vergewissert hatte, dass niemand mir zusah, eines der Messer in die Jackentasche steckte, wusste ich nicht zu sagen. Ich wusste nur, dass ich in jenen Raum zurückkehrte, in dem das Gemälde von Degas ausgestellt war, und dass ich Mühe hatte, das, was ich in der Jackentasche umklammert hielt, loszulassen, und dass ich dagegen ankämpfte, etwas zu tun, das nie und nimmer meine Absicht sein konnte.

Ich sah auf das Glas und den Absinth, spürte das Messer in meiner Hand, und spätestens jetzt wurde mir klar, dass ich das Museum auf der Stelle verlassen musste, um es vielleicht nie wiederzusehen.

In der Bleibtreustraße

Die Bleibtreustraße in Berlin befindet sich in einer Gegend, die vom Bombardement des Zweiten Weltkriegs weitgehend verschont geblieben ist. Hier sieht man noch Mietshäuser aus der Zeit der Belle Époque, und an der Ecke zur Mommsenstraße ragt ein museal wirkender Klinkerbau auf, bestehend aus drei Stockwerken und einem Dachgeschoss, das mit einem Turm und mehreren Giebeln versehen ist. Hier gibt es wenig Verkehr, aber einige Meter weiter, dort, wo man die Niebuhrstraße passiert, hört man das regelmäßige Rattern der S-Bahn. Deshalb hatte von Rosen, als er beschloss hierherzuziehen, darauf geachtet, eine Wohnung zu mieten, die auch bei geöffnetem Fenster ruhig blieb. Dies war ihm gelungen. Sie befand sich jenseits der Mommsenstraße im dritten Stock, und wenn man zur gegenüberliegenden Seite sah, hatte man eine stuckverzierte Fassade im Blick.

›Wie gut, dass ich hierhergezogen bin‹, dachte er.

Es war immer sein Wunsch gewesen, in dieser

Idylle, in der es überall kleine Restaurants, Antiquitäten- und Secondhandläden gab, heimisch zu sein. Die Straßen waren nicht asphaltiert, sondern mit Pflastersteinen belegt, und vor allem der museal wirkende Klinkerbau, in dem ein Hotel mit dem romantischen Namen MOND untergebracht war, gab ihm ein Gefühl von Zeitlosigkeit.

Detlev von Rosen war ein bekannter Schriftsteller. Er verfasste, was die Leute lesen wollten, unterhaltsame Geschichten, dies musste auf mindestens dreihundert Seiten geschehen, und seine Auflagen waren beträchtlich. Das heißt, er konnte von dem, was er alle zwei bis drei Jahre auf den Markt brachte, komfortabel leben. Dies ging eine Weile, bis er seinen fünfzigsten Geburtstag feierte, und danach, ja danach geschah etwas, worauf er nicht vorbereitet war. Obwohl er seinem Verleger ein neues Buch versprochen hatte und jeden Morgen am Schreibtisch vor seinem Notebook saß, musste er sich eingestehen, dass er nicht wusste, worüber er schreiben sollte.

Statt zu arbeiten war er immer öfter damit beschäftigt, die gegenüberliegende Fassade zu betrachten, wo hinter den Scheiben im zweiten Stock, so kam es ihm jedenfalls vor, den ganzen Tag über das Licht brannte, und eines Abends fiel ihm auf, dass da eine ununterbrochene Bewegung war, ein aufgeregtes Hin und Her, und offenbar waren es ein Mann und eine Frau, die heftig gegeneinander gestikulierten.

Als er am Tag darauf mit seinem Verleger telefonierte, erwähnte er, dass es in seiner unmittelbaren Nachbarschaft merkwürdige Dinge zu sehen gab. Was genau er damit meinte, wollte er nicht sagen. Eine Weile mied er den Blick auf die gegenüberliegende Fassade, dann trat er doch wieder ans Fenster, und nun sah er, dass jemand, es war die Frau, diesmal war sie allein, mit einem Koffer in der Hand, das Zimmer betreten hatte. Sie war groß, trug eine Lederjacke mit hohem Kragen, die den Ansatz der kurz geschnittenen Haare verdeckte. Auch sie trat ans Fenster, und von Rosen hatte den Eindruck, dass sie zu ihm hinübersah.

›Was will sie von mir?‹, dachte er, zog seinen Mantel an, verließ die Wohnung, überquerte die Straße und ging zum Eingang des gegenüberliegenden Hauses. Er drückte auf den untersten Klingelknopf, und wer ihm öffnete, war jemand, der dabei war, das Treppenhaus zu putzen.

»Können Sie mir sagen, wer die Wohnung im zweiten Stock gemietet hat?«, fragte er.

»Die ist, soviel ich weiß, seit Längerem leer«, bekam er zur Antwort. Dann war die Tür wieder geschlossen, und Detlev von Rosen fand es absurd, dass er auf die Idee gekommen war, nur weil ihn ein erleuchtetes Fenster irritierte, auf einen fremden Klingelknopf zu drücken.

›Andererseits‹, dachte er, ›wie ist es möglich, dass ich dort Personen sehe, die aufeinander losgehen, die es aber, wenn die Auskunft des Hausmeisters richtig ist, gar nicht geben kann.‹

Detlev von Rosen lebte seit vielen Jahren allein, aber es gab eine Zeit, da wohnte er mit einer Freundin in dem Haus, das er Jahre zuvor geerbt hatte, und natürlich hatte er versucht, das Zusammenleben mit Claudia auf seine unterhaltsame Art zu Papier zu bringen.

Das ewig Weibliche zieht uns hinan war der Titel, den er dem Ganzen gegeben hatte, und er war schmeichelhaft gemeint.

Denn mit Goethe hatte von Rosen kaum etwas zu tun. Es war vielmehr eine Art Poesiealbum mit ähnlichen Sprüchen, das er Claudia zu ihrem Staatsexamen überreichen wollte. Aber es kam nicht dazu.

›Denn damals schon hatte sie begonnen‹, dachte von Rosen, ›in jener kalten, aggressiven Art zu argumentieren. Auch wenn wir nur belanglose Dinge klären wollten wie etwa das Lüften der Wohnung oder die Beseitigung des Mülls … Sie begann zu streiten, und zwar so sehr, als hätte man sie gekränkt. Unsere Beziehung war am Ende, aber dies war für sie kein Grund, mich zu verlassen. Im Gegenteil: Eines Tages betrat sie mein Arbeitszimmer und schlug vor, doch noch das zu tun, was wir einmal vorgehabt hatten, nämlich gemeinsam eine Reise nach Pompeji oder zu den Sassi di Matera in der Basilikata zu unternehmen.‹

Und so geschah es. Die erste Woche unter italienischem Himmel verlief erfreulich. Die Sonne schien, aber es war nicht zu heiß. Das Essen in den Restaurants war köstlich. Sie tranken bereits zum Frühstück Wein und aßen Hummerkrabben. Claudia hatte eine lange Liste von Sehenswürdigkeiten zusammengestellt, und es war rührend zu sehen, wie sie, Bleistift und Schreibblock in der Hand, das, was ihr gefiel, akribisch notierte. Aber Tage später gab es, und völlig unerwartet, einen heftigen Wortwechsel. Worum es ging, hatte von Rosen vergessen, aber er wusste noch, dass er fluchtartig den Strand verlassen hatte, und kaum hatte er das Hotelzimmer betreten, stand Claudia ihm bereits im Rücken.

»Du hast deine nasse Badehose vergessen. Die soll ich dir wohl auch noch hinterhertragen!«, rief sie und warf, was sie in der Hand hatte, in hohem Bogen auf sein Bett.

Der Rest war ein heftiges Gezänk, ein aufgeregtes Gestikulieren. Von Rosen hatte versucht, sie am Ärmel festzuhalten, sie riss sich immer wieder los, und eine Stunde später war Claudia, und ohne sich zu verabschieden, verschwunden.

›Den Koffer hat sie im Zimmer stehen gelassen. Seitdem habe ich sie nie wiedergesehen‹, dachte von Rosen.

Oder vielleicht doch. Und nun war es nur selbstverständlich, dass ihm das Fenster an der gegenüberliegenden Fassade wieder einfiel, dazu der Koffer und die Frau mit dem hochgestellten Kragen und den kurz geschnittenen Haaren.

›Claudia‹, dachte von Rosen. ›Könnte es sein, dass Claudia sich entschlossen hat, hier wieder aufzutauchen?‹

Er zog die Vorhänge zurück, rückte einen Stuhl ans Fenster, und nachdem er sich gesetzt hatte, überlegte er, ob er das, was er bisher notiert hatte, überprüfen sollte und ob es sich überhaupt lohnte, weiter daran zu arbeiten.

›Solange ich nicht weiß, ob das, was ich dort drüben sehe, der Wirklichkeit geschuldet ist, kann ich nichts darüber schreiben‹, dachte er, und wieder sah er hinter dem Fenster auf der anderen Straßenseite eine ununterbrochene Bewegung, wieder sah er jenen Mann und jene Frau, die heftig gegeneinander gestikulierten. Er sah, wie der Mann versuchte, die Frau am Ärmel ihrer Bluse festzuhalten. Sie riss sich los, und für einen Moment dachte von Rosen, dass er es selbst sein könnte, den er im Blick hatte.

›Völlig absurd‹, dachte er und spürte, dass es an der Zeit war, die Dinge endgültig zu klären.

Wieder zog er seinen Mantel an, überquerte die Bleibtreustraße und ging zum Eingang des gegenüberliegenden Hauses. Die Tür war lediglich angelehnt, so dass er eintreten konnte, und als er das zweite Stockwerk erreicht hatte, überlegte er, ob er es wagen sollte zu klingeln. Er drückte sein Ohr gegen den Holzrahmen, aber alles blieb ruhig.

›Vielleicht war es ein Fehler hierherzuziehen‹, dachte von Rosen und überlegte, ob es nicht doch besser gewesen wäre, sich im Hotel MOND einzumieten.

Als es zu regnen begann, kehrte er in seine Wohnung zurück. Er genierte sich, fand es unangemessen, dass er wie ein albernes Kind immer mit ein und derselben Täuschung beschäftigt war.

›Da ist niemand, und wenn doch, es war ja nur eine Affäre, und mit dem Verschwinden von Claudia war die Sache beendet‹, dachte er und ging wie jeden Abend zur Tür seiner Wohnung, um sich zu vergewissern, dass der Schlüssel im Schloss steckte und alles ordnungsgemäß verriegelt war.

Es war gegen dreiundzwanzig Uhr und damit die Zeit, in der er regelmäßig schlafen ging, und auch diesmal lag er mit ausgestreckten Beinen auf seinem Bett, die Hände waren hinter dem Kopf verschränkt, und man hörte ihn ruhig atmen.

Kennt man den gesunden Schlaf? Nur er verbreitet den Zauber des Unbewussten, so dass es möglich wird, alles, was einen im Zustand des Wachseins umgetrieben hat, zu vergessen. Diese Erfahrung machte auch von Rosen, und als er am nächsten Morgen erwachte, hatte er Mühe, sich in seiner Umgebung zurechtzufinden. Plötzlich und ohne dass er darauf vorbereitet war, überkam ihn der Wunsch, jener, die mit einem Koffer in der Hand in der gegenüberliegenden Wohnung aufgetaucht war, die Möglichkeit zu geben, das zu tun, was sie vielleicht vorhatte, nämlich sich zu erklären.

›Wenn Claudia zu mir zurückwill‹, dachte er, ›dann hätte ich keinen Grund, mich dagegen zu wehren. Denn es war ja auch so, dass ihre Art zu streiten, ihr aggressives Argumentieren vor allem meinem Desinteresse geschuldet war. Wie oft‹, dachte von Rosen, ›hat sie mich darum gebeten, ihr beim Verfassen der Examensarbeit behilflich zu sein. Es hat mich nicht interessiert. Und wie oft musste sie, weil ich am Schreibtisch saß und arbeitete, darauf warten, dass ich ihre Anwesenheit überhaupt zur Kenntnis nahm. Und dass sie zuletzt die nasse Badehose auf mein Bett warf, war vielleicht nichts weiter als ein Akt der Verzweiflung. Zugegeben, es ist lange her. Aber seitdem lebe ich allein, und vielleicht geht es ihr ebenso. Ob wir uns nun gestritten haben oder nicht, wir waren immerhin zu zweit‹, dachte von Rosen, und er hoffte darauf, dass Claudia, wie einmal schon, ans Fenster treten und zu ihm hinübersehen würde.

›Dann könnte ich sie ansprechen‹, dachte von Rosen, und während er dies dachte, während er die Vorhänge zurückzog, sah er, dass gegenüber alles wie gewöhnlich hell erleuchtet war, aber niemand war da zu sehen.

›Ich sollte aufhören zu überlegen, ob sie dort drüben wohnt oder nicht. Solange ich es schaffe, mir ihre Gegenwart einzubilden, könnte ich mit meinem Alleinsein zurechtkommen, und vielleicht gelingt es mir eines Tages, etwas darüber zu schreiben‹, dachte von Rosen und rückte, ja was sollte er anderes tun, sein Notebook zurecht.

Im Nagelstudio

Wer sich in Berlin für eine Fußpflege entschieden hat, der findet überall in der Stadt Nagelstudios, die mit dem Begriff STARNAILS gekennzeichnet sind.

»Feine, schöne Naturnägel. Wir verwenden nur hochwertige flüssige UV-Gels, gesundheitsunschädlich, geruchsneutral (2 Wochen Garantie)«, ist da in den Schaufenstern zu lesen, und wer sich der Eingangstür nähert, der sieht geschäftige, freundlich lächelnde Gesichter. Man wird aufgefordert einzutreten, und falls alle Angestellten beschäftigt sind, wird man gebeten, auf einem der bereitstehenden Stühle Platz zu nehmen.

Je länger man darauf wartet, dass einem jemand aus dem Mantel hilft und zu einem der Becken führt, an dem die Behandlung stattfindet, je länger man den Raum, in dem man sich befindet, mustert, desto intensiver wird der Eindruck, man befände sich in einer anderen Welt. Und tatsächlich gibt es da niemanden, der nicht asiatisch aussieht und der, wenn man miteinander spricht, in der Lage wäre, dies auf Englisch oder Deutsch zu tun. Und auch wenn man die Füße ins warme Wasser getaucht hat und aufgefordert wird, sie auf ein Frottierhandtuch zu setzen, geschieht dies in einer Art Zeichensprache. Das heißt, man tut, worum man gebeten wird, aber ohne es zu verstehen.

In solch einem Nagelstudio konnte es vorkommen, dass man Vorgänge beobachtete, die einen nichts angingen und die man doch mit einer gewissen Verwunderung wahrnahm. So zum Beispiel das Auftauchen einer jungen Frau, der man, kaum dass sie eingetreten war, mit besonderer Höflichkeit begegnete. Man schien etwas zu erörtern, etwas, das Mila, so hieß die junge Frau, offenbar beanstandet hatte, denn nun sah man, wie sie auf einem der Sessel, die für die Pediküre vorgesehen waren, Platz nahm, wie sie Schuhe und Strümpfe auszog und wie man sich beflissen über ihren linken Fuß beugte.

Man kennt die Bereitschaft seriöser Unternehmen, jegliche Art von Reklamation so rasch wie möglich aus der Welt zu schaffen, und so wollte man auch hier herausfinden, warum die Wunde, die man mehrfach behandelt hatte, immer noch nicht heilen wollte. Man war irritiert, schien Argumente auszutauschen, versuchte, indem man Lotionen und Salben benutzte, die Sache zu bessern.

»Sorry«, sagte jener schließlich, der der Verantwortliche in diesem Nagelstudio war. »Sorry«, wiederholte er, »ich hoffe, dass Sie diesmal mit uns zufrieden sind.«

Eine Woche später sah man, wie eine Limousine vor dem Nagelstudio hielt und wie jemand, offenbar war es der Fahrer, eilig ausstieg, um die rechte vordere Wagentür zu öffnen. Mila, die junge Frau, stieg aus. Zögernd betrat sie das Nagelstudio, achtete darauf, dass sich das Auto, mit dem sie angekommen war, entfernte, und es schien nur selbstverständlich, dass man sie mit der gewohnten Höflichkeit begrüßte. Kurz darauf saß sie wieder auf dem Sessel, der für die Fußpflege vorgesehen war, und nachdem sie Schuhe und Strümpfe ausgezogen hatte, beugte man sich über ihren linken Fuß.

Aber was sollte man tun! Sollte man eine Wunde, die nicht heilen wollte, in Augenschein nehmen und das Pflaster erneuern, obwohl dies schon mehrere Male geschehen war?

Mila, die das Nagelstudio in Verlegenheit gebracht hatte, kam aus Sankt Petersburg. Sie war keine dreißig Jahre alt, und die Wunde am Zeh war vor einiger Zeit durch ungeschicktes Hantieren einer Angestellten verursacht worden. Aber sie war so geringfügig, dass man vermuten durfte, jemand würde den winzigen Kanal zwischen Nagel und Haut immer wieder aufreißen, um ihn am Verheilen zu hindern.

»Sorry«, sagte jener, der der Verantwortliche in diesem Nagelstudio war. »Sorry«, wiederholte er, »die Sache müsste eigentlich erledigt sein, aber vielleicht sollten Sie, da wir Ihnen nicht helfen können, einen Arzt aufsuchen.«

Mila lächelte. Sie bestand darauf, dass man mit der Pediküre fortfuhr, auch der Nagellack wurde aufgetragen, und nachdem sie zehn Minuten gewartet hatte, war es ihr nicht unangenehm, dass man das Pflaster an ihrem Zeh, das nass geworden war, nochmals austauschte. Die Angestellte strich mit dem Finger darüber hinweg, und für Augenblicke sahen sich die beiden Frauen an. Es wirkte wie ein Einverständnis, dann ging Mila zur Kasse, bezahlte die Rechnung und gab, wie gewohnt, ein üppiges Trinkgeld. Draußen stand mit geöffneter Beifahrertür die Limousine, was Mila nicht zu beachten schien, denn sie ging, obwohl der Fahrer ihr etwas zurief, wortlos an ihm vorbei.

Seit jenem Tag gab es, und meist um die gleiche Zeit, ein vertraulich wirkendes Beieinander zwischen Mila und jener Angestellten, die sich um das Pflaster am Zeh kümmerte und mit den Fingern sanft über die Wunde strich, und falls Mila keinen

Termin hatte, zog sie sich auf die gepolsterte Kundenbank zurück und wartete.

Irgendwann saß sie dann doch mit nackten Füßen vor dem Waschbecken, die Angestellte hockte neben ihr, und es war offenbar möglich, dass sie sich, obwohl keine der anderen Sprache verstand, leise unterhielten. Mila sprach deutsch, die Angestellte vietnamesisch, und trotzdem hatte Mila den Eindruck, dass die andere sie verstand, dass sie ahnte, aus welchem Grund die Wunde nicht heilen konnte, und als jene ihr schließlich vorschlug, das Pflaster eine Weile wegzulassen, war Mila einverstanden.

Sie sah mehrmals zum Fenster, man hörte das Aufheulen eines Motors, die Limousine war vorgefahren, aber niemand stieg aus. Hastig zog Mila ihre Schuhe an, und als sie mit der Angestellten an der Kasse stand und die Rechnung mit der Kreditkarte bezahlt hatte, suchte sie vergeblich in ihrer Handtasche nach dem Trinkgeld.

»Ich bin gleich wieder da«, sagte sie und verließ das Nagelstudio.

Sie ging auf die Limousine zu, öffnete die Wagentür, und derjenige, der auf sie wartete, umfasste ihr Handgelenk und zog sie ins Innere.

Was dann geschah, konnte niemand genau sagen, auch nicht die Angestellte und ihr Chef, die mit gebotenem Abstand hinter der Schaufensterscheibe standen und das Ganze beobachteten. Man hörte lautes Gezänk, die Wagentür wurde zugezogen. Das Gezänk ging weiter, und die Männerstimme, so schien es jedenfalls, setzte sich durch. Zuletzt gab es Handgreiflichkeiten, die Tür wurde aufgestoßen, der Motor gestartet, so dass Mila kaum Zeit hatte, den Wagen zu verlassen.

Man sah, dass der linke Fuß blutete, und als sie auf dem Stuhl vor dem Becken saß, wurde klar, dass diese erneute Verletzung auf die Handgreiflichkeiten zwischen den beiden im Auto zurückzuführen sein musste. Man versuchte, darüber hinwegzusehen, kümmerte sich um die Wunde, aber dann war da wieder das Aufheulen der Limousine zu hören, und kurz darauf betrat der Mann, den man bereits kannte, das Nagelstudio. Er trug ein schwarzes T-Shirt und hellgraue Hosen. Mit drei, vier Schritten war er dort, wo man Milas Wunde behandelte. Er griff in die Hosentasche, zog einen Packen Geldscheine hervor und schleuderte sie Mila ins Gesicht.

Für Augenblicke herrschte Ratlosigkeit, dann war der Mann wieder verschwunden, und der Verantwortliche in diesem Nagelstudio sorgte dafür, dass die Geldscheine, die herumlagen, auf diskrete Weise aufgehoben wurden und dass man, da der

Raum voller Klienten war, so tat, als wäre nichts geschehen. Auch Mila hatte mitgeholfen, das Geld einzusammeln. Sie legte einen größeren Geldschein auf den Tresen und trat, nachdem sie, und ohne jemanden anzusehen, eine Entschuldigung gemurmelt hatte, durch die geöffnete Tür ins Freie.

Zehn Tage vergingen, dann tauchte sie wieder vor dem Schaufenster des Nagelstudios auf. Es war ein Sonntag und bereits dunkel, Straße und Bürgersteig wirkten wie ausgestorben, und sie sah ins Innere. Alles war aufgeräumt und penibel gesäubert, und Mila dachte darüber nach, warum sie fähig gewesen war, sich hier, ja ausgerechnet hier von einer Angestellten, deren Sprache sie nicht verstand, trösten zu lassen. Und war es tatsächlich eine Erleichterung, wenn ihr jemand, der vor ihr kniete, sanft über die Wunde an ihrem linken Zeh strich?

›Ja, das war es‹, dachte Mila, aber gleichzeitig wusste sie, dass sie diesen viereckigen Raum mit seinen Waschbecken, Stühlen und Frottiertüchern nie wieder betreten würde.

Am Lortzingdenkmal
oder
die Linde

Der Berliner Tiergarten ist überaus berühmt, und wer den Rosengarten in der Nähe der Straße des 17. Juni durchschritten hat, der entdeckt, wenn er den geschotterten Weg nach rechts abbiegt, ein Denkmal aus weißem Marmor.

»Albert Lortzing« ist da auf dem Sockel, der mit fünf Putten verziert ist, zu lesen, und das Ganze wird von Sitzbänken und dichten Laubhecken eingegrenzt, und vor allem eine Linde, die alles überragt, sorgt dafür, dass man sich hier, auch wenn es windig ist oder die Sonne scheint, eine Weile aufhalten kann.

Das Denkmal ist frisch restauriert und vermittelt einen erhabenen Eindruck. Im Jahr 1906 eingeweiht, darf es über ein Jahrhundert Anwesenheit für sich in Anspruch nehmen, aber die Linde, die in seinem Rücken aufragt, ist wesentlich älter. Man sieht, dass sie mit einem Farbfleck am unteren Ende des Stammes markiert wurde, und überhaupt gibt es im herbstlichen Tiergarten hier und da Bäume, die mit solch einem roten, kreisrunden Fleck gekennzeichnet sind.

Was dies bedeutet, das erfährt man, wenn man an einem Wassergraben entlang bis zur nächsten Brücke geht. Dort stehen einige Forstarbeiter mit Motorsägen in der Hand, und die Auskunft, die man bekommt, wenn man nach dem Sinn der roten Punkte fragt, stimmt nachdenklich.

Es gibt Sommer- und Winterlinden, und besonders die Winterlinde, auch Steinlinde genannt, erreicht eine Höhe von bis zu dreißig Metern, und sie kann tausend Jahre alt werden, es sei denn, man entschließt sich, sie vorzeitig zu zersägen. Dies schien auch hier der Fall zu sein, und wer genauer hinsah, der konnte an dem Stamm mit der roten Markierung einige Risse über dem Wurzelwerk entdecken, so als hätte sich der Baum bewegt.

›Es muss eine Täuschung sein‹, dachte ich.

Aber damit war die Sache nicht erledigt, denn als ich zwei Tage später wieder am Lortzingdenkmal vorbeikam, war es wie beim ersten Mal: Die Linde hatte sich bewegt, und kaum hatte ich mich abgewandt, sah ich, dass wieder ein Forstarbeiter auf der Brücke stand. Ich ging auf ihn zu.

»Sie werden entschuldigen«, sagte ich, »aber ich hätte eine Frage: Gibt es irgendeinen Grund, diese schöne Linde dort drüben abzusägen? Und wäre es nicht möglich, dass sich der Baum, bevor Sie ihn fällen, an dem Denkmal rächen wird? Er wäre dazu in der Lage. Seit einiger Zeit beobachte ich den Stamm, und ich bin sicher, dass er sich langsam, aber stetig auf das Denkmal zubewegt.«

Der Forstarbeiter lachte.

»Da machen Sie sich mal keine Sorgen«, sagte er, und mir war klar, dass ich mit diesem Mann über solch ein Problem nicht reden konnte.

Aber ich konnte von dem, was mich beunruhigte, auch nicht lassen, so dass ich schon am nächsten Tag erneut zwischen den Wassergräben unterwegs war, und es war mir wichtig, dass mich niemand bei meinen Versuchen, das Denkmal nicht aus den Augen zu verlieren, beobachtete. Immer wieder veränderte ich meinen Standort, oft trat ich hinter die Hecke mit den Bänken, so dass ich den roten Fleck am unteren Teil der Linde hätte berühren können, was ich aber unterließ. Es wäre pietätlos gewesen.

›Man sieht doch‹, dachte ich, ›dass sie in ihrer Not ein Stück weitergerückt ist und immer auf das Denkmal zu‹, und die Krone, da war ich ganz sicher, hatte sich leicht geneigt.

Ich zog einen Zollstock aus der Tasche, stieg über eine der Bänke, um die verborgenen Risse an der Wurzel des Stammes zu vermessen, und nun war ich damit beschäftigt, zu berechnen, um wie viel der Winkel zwischen Stamm und Wurzel kleiner werden musste, bevor die Linde den nötigen Raum und damit die Kraft hatte, auf das Denkmal aufzuschlagen.

›Es könnte noch dauern‹, dachte ich und überlegte, ob ich irgendjemandem, ohne mich lächerlich zu machen, hätte erklären können, warum ich mit einem Zollstock unterwegs war, um an den Wurzeln einer Linde herumzumessen.

›Unmöglich‹, dachte ich.

Aber dann geschah etwas, auf das ich nicht vorbereitet war. Als ich im Bus saß, um nach Hause zu fahren, bemerkte ich, dass es dunkler wurde, weil sich immer mehr Wolken vor die Sonne schoben, und mein Handy zeigte eine Gewitterwarnung an.

›Das könnte Konsequenzen haben‹, dachte ich und beschloss, augenblicklich zum Denkmal zurückzukehren.

Ich musste mich beeilen, denn der Wind wurde stärker, und es begann zu regnen, so dass ich gezwungen war, in den Rosengarten zu flüchten, und während ich damit beschäftigt war, die Nässe von meiner Hose und meinem Anorak zu wischen, hörte ich ein lautes Krachen. Es war ganz in der Nähe.

›Jetzt ist es passiert‹, dachte ich, ging zum Zaun,

versuchte, über den Gehweg hinweg das strauchumstandene Viereck zu erkennen. Es gelang mir nicht, aber ich war ganz sicher: Die Linde hatte sich gerächt.

›Ein Windstoß hat sich in ihrer Krone verfangen, und der Stamm ist auf das Denkmal aufgeschlagen‹, dachte ich und konnte eine gewisse Genugtuung nicht verbergen.

Unterwegs

Peter Possnitz war, wie er glaubte, glücklich verheiratet, aber nach sechs Jahren Ehe gestand ihm seine Frau, dass sie sich langweilen würde.

Es war nicht als Vorwurf gemeint, sondern als Gelegenheit, mit ihrem Mann darüber zu reden, wie man das künftige Miteinander aufbessern und vor allem abwechslungsreicher gestalten könnte.

Zunächst wusste Possnitz nicht, was sie meinte. Sie hatten doch ereignisreiche Jahre hinter sich und hatten, dies war zumindest seine Meinung, die halbe Welt bereist, aber Daniela, seine Frau, konnte dem nur widersprechen.

»Wo waren wir schon unterwegs«, sagte sie. »Sicher, wir haben halb Europa bereist, waren auch in Asien oder sonst irgendwo, aber das, was mich interessiert und was ich unbedingt kennenlernen möchte, haben wir nicht gesehen.«

Possnitz schwieg. Er ahnte, dass es jetzt keinen Sinn mehr machen würde, Daniela zu erklären, worin das Glück einer Ehe bestehen könnte, zum Beispiel in dem Zusammenleben mit Kindern.

›Davon wollte sie, und von Beginn unserer Beziehung an, nichts wissen‹, dachte Possnitz und willigte ein, als Daniela vorschlug, einmal in die Wälder des Amazonas zu fahren.

»Hier«, erklärte sie, »ist einiges noch unberührt, und es würde mich interessieren, jemandem die Hände zu schütteln, der noch nie einen Europäer gesehen hat.«

»Das ist nicht dein Ernst.«

»Doch«, sagte Daniela und lachte.

Den Rest des Gesprächs verbrachten sie damit zu erörtern, wie man solch eine Reise organisieren könnte.

»Das dürfte kein Problem sein«, sagte Possnitz. »Aber du verstehst, ich werde dich nicht begleiten.«

Wochen später war es so weit. Daniela hatte eine Reise in den Amazonas gebucht und stand nun allein mit einem Koffer in der Hand am Flughafen. Sie sah sich immer wieder um, aber da war niemand, der ihr dabei behilflich war, das Gepäck zur Abfertigung zu bringen, denn Possnitz war längst woandershin unterwegs, nämlich zu einer kleinen Laube, die er vor einiger Zeit erworben hatte.

Possnitz konnte es sich offenbar leisten, dem Büro, in dem er arbeitete, für längere Zeit fernzubleiben, dann nutzte er das Homeoffice, aber womit genau er sich beschäftigte, wir wissen es nicht. Wir wissen nur, dass er in der Ansammlung von Kiefern und Birken, in deren Mitte sich die Laube befand, immer wieder, auch wenn es regnete und am besten gleich nach dem Frühstück, unterwegs war, und er staunte, was es da alles zu entdecken gab.

Sicher, es waren die üblichen Meisen und Rotkehlchen, die, wenn man sich ihnen näherte, hierhin und dorthin flatterten, und die Kröten, die eben erst geschlüpft waren, verführten ihn dazu, sie ins schützende Dickicht zu tragen. Das Ganze wirkte komisch, und Possnitz dachte daran, wie absurd es war, dass Daniela sich wieder einmal damit beschäftigte, allein zu verreisen.

›Aber ich war einverstanden, und sicher hat sie unterdessen Rio de Janeiro erreicht und ist nach Manaus weitergeflogen. Und es ist durchaus möglich‹, dachte Possnitz, ›dass die Unübersichtlichkeit und Dichte in einem der Nationalparks sie dazu veranlasst haben, ihren Führer zu bitten, sie einige Schritte allein in den Dschungel gehen zu lassen. Aber auch dort gibt es nichts weiter als aufgeschreckte Vögel, die, wenn man sich ihnen nähert, hierhin und dorthin flattern, und wenn man die frisch geschlüpften Amphibien betrachten und in Sicherheit bringen will, ist man gezwungen, sich ständig zu bücken‹, dachte Possnitz, und er war sicher, dass es vernünftiger gewesen wäre, die Natur gemeinsam, statt Tausende von Kilometern voneinander getrennt, zu betrachten.

So war seine Stimmung, und obwohl er wusste, dass Daniela ihren Rückflug für Anfang September gebucht hatte, und obwohl ihm die Abgeschiedenheit in den engen Räumen seiner Laube nach wie vor nicht unangenehm war, griff er immer wieder zum Smartphone, unterließ es aber, ihren Namen anzutippen.

›Geduld‹, dachte Possnitz. ›Schließlich hatten wir verabredet, so wenig wie möglich miteinander zu telefonieren.‹

Die letzten Tage bis zu Danielas Rückkehr verbrachte Possnitz nicht mehr in der Laube. Er war vielmehr damit beschäftigt, die gemeinsame Wohnung aufzuräumen. Das heißt, er wischte, so wie er es von Daniela gewohnt war, den Staub von den Möbeln, putzte Fenster und Parkett, tat alles, um ihr, wenn sie und womöglich mit übervollem Koffer, die Diele betrat, die Rückkehr zu erleichtern.

›Und vielleicht sollte ich auch noch den Tisch decken, und wir trinken ein Glas Sekt‹, dachte Possnitz, der froh war, dass er die Wochen der Trennung endlich hinter sich gelassen hatte.

Er hatte Danielas Reiseplan studiert, wusste

jetzt, wann genau er sie erwarten konnte, und falls es Änderungen gab …

›Spätestens dann‹, dachte Possnitz, ›hätte sie versucht, mich anzurufen.‹

Er fuhr, als es so weit war, zum Flughafen, und nachdem die Maschine aus Brasilien, die Verspätung hatte, endlich gelandet war, wartete er darauf, dass Daniela am Ausgang der Halle auftauchen würde. Aber wie lange dies auch dauerte, wie ungeduldig er hierhin und dorthin sah, zuletzt, als das Licht über der Gepäckausgabe erlosch, musste sich Possnitz eingestehen, dass Daniela offensichtlich nicht gelandet war.

Er beschloss, in die Enge seiner Laube zurückzukehren. Dort war alles wie immer. Die Meisen und Rotkehlchen flatterten hierhin und dorthin, die Kröten waren inzwischen gewachsen, aber diese Idylle dauerte nicht lange. Das Wetter änderte sich, es wurde kühler, so dass Possnitz gezwungen war, er hatte keinen Pullover bei sich, eine Decke über die Schultern zu ziehen, und während er überprüfte, ob das gestapelte Holz ausreichte, um den Kamin zu heizen, hörte er, dass eine Nachricht auf seinem Handy angekommen war.

›Daniela‹, dachte Possnitz, und tatsächlich: Sie hatte ihm, das erkannte er sofort, eine E-Mail geschickt. »Peter«, war da zu lesen, »es tut mir leid, dass es mir bis jetzt nicht gelungen ist, mit dir Kontakt aufzunehmen. Brasilien und den Regenwald kannst du vergessen. Aber ich muss dir sagen, dass ich endlich eine Art von Weite vor Augen habe, die Konsequenzen hat und die auch dir nicht gleichgültig sein kann.«

›Konsequenzen …‹ Possnitz erschrak, war versucht, die E-Mail zu löschen. ›Ich muss in die Wohnung zurück‹, dachte er, warf die Decke von den Schultern, schloss die Laube ab, das Gartentor ließ er offen.

Er fuhr in die Koenigsallee, stellte den Wagen ab, und zunächst zögerte er, auf das Haus, in dem er mit Daniela wohnte, zuzugehen. Stattdessen versuchte er, aus der Entfernung durch eines der Fenster ins Innere zu sehen, und er glaubte, dass sich etwas verändert hatte.

›Und warum steht da, keine zwanzig Meter entfernt, ein Möbelwagen?‹, dachte Possnitz. ›Ich habe ihn nicht bestellt.‹

Er zog seinen Schlüsselbund hervor, und nachdem er das erste Stockwerk erreicht hatte, sah er, dass die Wohnungstür sperrangelweit offen stand.

Die Zimmer waren leergeräumt, nur die nackten Glühbirnen an den Decken hatte man zurückgelassen, und ihr heller Schein verbreitete tatsächlich den Eindruck einer trostlosen Weite.

»Daniela!«, wollte Possnitz rufen, als er glaubte, einen Schatten zu sehen.

Er drehte sich um, aber da war niemand. Langsam und indem er sich am Geländer festhielt, ging er die Treppe hinunter, dann weiter an seinem Auto vorbei bis zu einem Mauervorsprung. Dort setzte er sich.

›Vielleicht war sie gar nicht verreist‹, dachte Possnitz und ließ die Schlüssel fallen. ›Und was soll ich jetzt tun? In die Wohnung kann ich nicht zurück, auch nicht in die Laube. Aber wohin dann!‹

Der Unbekannte

Der Meyerinckplatz ist eine wirkliche Idylle. Ein von Bänken umstandenes Viereck unter dem Laub hoher Bäume lädt dazu ein zu verweilen, und man sieht, dass die Bänke, falls das Wetter es erlaubt, immer besetzt sind. Ringsherum ist ein reger Verkehr im Gange, nachts hingegen fahren nur wenige Autos die Einbahnstraßen entlang, und an der Ecke in einem Wohnblock aus der Belle Époque und abgeschirmt von einer riesigen Platane gibt es ein Café, das irgendwie provisorisch, aber deswegen besonders anziehend wirkt. Hier sind rechts und links vom Bürgersteig Tische und Stühle aufgestellt. Über mehrere Stufen hinweg erreicht man das Innere des Cafés, wo man sich am Tresen etwas zu essen oder zu trinken bestellt, und hin und wieder kann es vorkommen, falls man sich entschlossen hat, das Ganze zu beobachten, dass man meint, ein älterer Herr hätte das Café betreten, was aber unmöglich ist, denn gleich darauf sieht man, wie ebendieser Herr auf der anderen Seite des Platzes auftaucht.

So erging es auch mir. Ich sah, dass er einen Staubmantel trug, darüber einen losen Schal, er hielt sich aufrecht, und als ich ihm mit einer freundlichen Bemerkung aus dem Weg ging, schien er es nicht zu bemerken.

Er wirkte abwesend und doch irgendwie konzentriert, und vielleicht gab es da etwas, das seinen gesenkten Blick hätte erklären können. Aber schon hatte er sich wieder entfernt, und ob er in die Giesebrechtstraße oder in Richtung Walter-Benjamin-Platz verschwunden war, konnte ich nicht mit Sicherheit sagen. Ich beschloss, ihm zu folgen und zwar in einem Abstand, der es möglich machte, unbemerkt zu bleiben, und nun sah ich ihn wieder, sah, dass er, als müsse er einem Hindernis ausweichen, zur Seite trat, dass er sich nach vorn beugte, und nachdem er eine Brille hervorgezogen hatte, schien er etwas in Augenschein zu nehmen. Ich wandte mich ab.

Warum sollte ich einer Person, die ich nicht kannte und die hin und wieder in der Nähe des Meyerinckplatzes auftauchte, derart viel Aufmerksamkeit schenken! Ich beschloss, die Sache zu vergessen.

Aber kurz darauf, ich saß wie gewöhnlich in dem Café an der Ecke, um meinen Espresso zu trinken, bemerkte ich, dass da wieder jemand, und zwar sehr zögerlich, die gegenüberliegende Straße überquerte. Es war der ältere Herr. Er kam näher, ging schließlich über die wenigen Stufen hinweg zum Tresen, und ich sah, dass er diesmal in jeder Hand einen Stoffbeutel trug.

»Da ist er wieder«, sagte ich zu einem Bekannten, der sich zu mir gesetzt hatte.

»Wer?«

»Na der, der eben erst an unserem Tisch vorbeigekommen ist«, antwortete ich mit einem Anflug von Ungeduld.

»Aber da ist doch niemand vorbeigekommen«, sagte der andere, und von diesem Augenblick an hatte ich Grund, irritiert zu sein.

Wenige Tage später, ich war müde, war damit beschäftigt gewesen, in meinem Büro Akten aufzuarbeiten, wenige Tage später beobachtete ich, dass jener, den mein Bekannter, wie er behauptete, nicht gesehen hatte, die Sybelstraße entlangging. Ich beschloss, ihm zu folgen. Als er das Sophie-Charlotte-Gymnasium erreicht hatte, blieb er stehen, betrachtete die Fassade des gegenüberliegenden Hauses, und besonders das oberste Stockwerk schien ihn zu interessieren. Irgendwann überquerte er die Straße und betrachtete den Vorgarten. Er hatte wieder die zwei Jutebeutel bei sich, einen davon öffnete er, fasste hinein, schien etwas zu überprüfen, zögerte, und nachdem er nochmals die Fassade gemustert hatte, entfernte er sich in Richtung Walter-Benjamin-Platz.

›Er wird ein Fachmann sein‹, dachte ich, ›und vielleicht ist er damit beauftragt, das Obergeschoss eines verkauften Hauses zu renovieren.‹

Aber schon sah ich, dass der Unbekannte zurückkam. Diesmal stieg er sofort über die kniehohe Mauer des Hauses, öffnete einen seiner Jutebeutel und zog eine kleine Schaufel hervor. Er bückte sich und begann, ein Loch zu graben. Dann öffnete er den zweiten Jutebeutel, griff nach einem Gegenstand, den ich nicht erkennen konnte, er glänzte schwach in dem spärlichen Licht der Straßenlaterne. Zuletzt legte er, was er in der Hand hielt, behutsam in die Erde.

Von da an vermied ich es, wenn ich die Sybelstraße entlangging und das Gymnasium passierte, auf das gegenüberliegende Haus zu sehen, und es war vor allem der Vorgarten, den ich unbeachtet lassen wollte. Aber eines Tages, ich wartete, bis es dunkel wurde, stieg ich dann doch über die kniehohe Mauer hinweg in den Vorgarten, um zu sehen, was der Unbekannte dort eingegraben hatte: Es war ein Stolperstein, wie man ihn überall in dieser Gegend finden konnte. Aber dieser hier war anders, er hatte keinen Namen.

Aber warum hatte der Mann ihn halb versteckt und doch in die Nähe der anderen Steine in die Erde gelegt?

War er ein Opfer, und hatte man vergessen, dies zu dokumentieren? Dann hätte er seinen Namen eingraviert. Oder war er ein Täter und dazu verdammt, eine Ewigkeit an den Ort, wo er schuldig geworden war, zurückzukehren? Oder konnte es vielleicht sein, dass er ein Zeichen setzen wollte für all jene, die ermordet wurden, die aber für immer namenlos und vergessen geblieben sind? Und warum sah er immer wieder hinauf zu dem obersten Stockwerk dieses Hauses?

Fragen über Fragen, die ich nicht beantworten konnte und die mich dazu brachten, an einer Sache festzuhalten, von der ich nicht einmal wusste, ob sie der Wirklichkeit entsprach. Trotzdem beschloss ich, auf den Unbekannten zu warten, um ihm all diese Fragen zu stellen. Aber ich habe ihn nie wiedergesehen.

Und wieder am Osloer Fjord

Joachim Keller hatte ein denkwürdiges Erlebnis. Er gehörte zu denjenigen, die eingeladen waren, bei der Eröffnung des neuen Munch-Museums anwesend zu sein, aber als er sich dem Fjord näherte, hatte er Mühe herauszufinden, welche Richtung er nehmen musste, um zum Eingang des dreizehnstöckigen, gekrümmten Gebäudes zu kommen, und hier schon wurde er das Gefühl nicht los, dass er sich nicht auf der asphaltierten Straße, sondern irgendwo auf einer Brücke befand. Sie war aus massivem Holz, das Geländer fest verankert, und dass dahinter, jenseits des Fjords, nicht das Museum, sondern ein heller, brandroter Himmel zu sehen war, dies konnte er sich nicht erklären.

Und stand da nicht, keine zehn Meter entfernt, jene Gestalt mit dem aufgerissenen Mund, die mit den Händen das Gesicht fest umklammert hielt, und die Augen waren weit geöffnet?

›Genau wie auf dem berühmten Bild‹, dachte

Keller, und es gelang ihm nicht, was doch nahe gelegen hätte, einfach weiterzugehen.

Er hörte ein Geräusch in seinem Rücken, drehte sich um, eine Frau kam auf ihn zu. Sie trug ein langes Kleid, der weiße Kragen war geklöppelt, das dunkle Haar nach hinten frisiert. An den Schläfen kringelten sich Löckchen.

›Das war die Mode vor mehr als hundert Jahren‹, dachte Keller und überlegte, wie er es schaffen könnte, dermaßen eingekeilt von der merkwürdigen Gestalt mit dem aufgerissenen Mund vor ihm und der jungen Frau, die er noch nie gesehen hatte, hinter ihm, wie er es schaffen könnte, die Brücke zu verlassen, um noch rechtzeitig zur Eröffnung des Museums zu kommen.

Die Frau schien dies zu bemerken, das heißt, sie trat zur Seite, entfernte sich ein paar Schritte, um dann doch wieder näher an Keller heranzutreten.

»Sie werden entschuldigen«, sagte sie, »ich nehme an, dass Sie auf schnellstem Wege das Museum erreichen wollen, aber ich kann Ihnen versichern, dass es dort nichts anderes zu sehen gibt als jene Gestalt, die uns hier den Weg versperrt. Angst, Furcht, Zittern, die Krankheit zum Tode, nichts anderes«, fügte sie hinzu. Damit zog sie einen Ring aus ihrem Kleid, legte ihn auf die flache Hand und streckte sie Keller entgegen.

»Ich heiße Regine Olsen, und vielleicht erlauben Sie, dass ich Ihnen erkläre, warum auch ich auf dieser Brücke bin. Kennen Sie Kierkegaard?«, fragte sie unvermittelt. »Er war mein Verlobter, und dies ist der Ring, den er mir zurückgeschickt hat, und seitdem bin ich unterwegs, um ihn zu suchen.«

Keller sah auf den Ring, der mit den Jahren blass geworden war, und er erinnerte sich vage, dass er einmal eines der Bücher dieses berühmten Philosophen in der Hand gehabt hatte. Er hatte darin geblättert, aber nie gelesen, und jetzt war er unvermittelt mit einer Frau konfrontiert, die behauptete, dass sie in einem Liebesverhältnis zu diesem Mann gestanden hätte. ›Aber warum erzählt sie mir das‹, dachte Keller und beschloss, die Brücke auf schnellstem Wege zu verlassen.

Der Verkehr in Richtung Museum hatte zugenommen. Immer wieder hörte man, wie der Wind Fetzen festlicher Musik herüberwehte, und Keller wunderte sich, dass er diesmal keine Mühe hatte, die asphaltierte Straße, die zum Museum führte, zu betreten. Kaum hatte er den nagelneuen Bau erreicht, sah er, dass die Eröffnungszeremonie mit ihren Grußworten und Ansprachen bereits beendet war. Man stand in Gruppen beisammen, Getränke wurden gereicht, man fachsimpelte, und jetzt schon war es Keller unmöglich, sich einfach mit dazuzustellen.

Er fand alles sehr eng, und der Eifer, mit dem man redete, war etwas zu laut, und niemand schien die Gemälde an den Wänden, die man raffiniert beleuchtet hatte, wirklich zu betrachten. Keller durchschritt die Säle und Korridore, und nachdem er diesen und jenen Bekannten flüchtig begrüßt hatte, ging er, und als würde er etwas suchen, auf demselben Weg zurück. Da war doch etwas, das ihm aufgefallen war! Und tatsächlich: In einem der großen, langgestreckten Säle, und zwar dort, wo die Arbeiten von Munch aus dem Jahr 1893 ausgestellt waren, glaubte er, statt des berühmten Schreis lediglich ein Stück Tapete zu sehen.

›Vielleicht hat man das Bild woanders hingehängt‹, dachte Keller, unterließ es aber, den Katalog hervorzuziehen, um sich zu informieren.

Stattdessen war er, nachdem er seinen Schal festgebunden und den Mantel zugeknöpft hatte, auf dem Weg zurück zur Brücke. Regine Olsen stand immer noch da, als hätte sie auf ihn gewartet, und wenig später sah man, wie die beiden auf der Brücke hin- und hergingen und wie bemüht sie waren, dem jeweils anderen ihren augenblicklichen Zustand, obwohl dies unmöglich war, zu erklären.

»Ich bin im Jahre 1904 gestorben, ein Umstand, der Kierkegaard neunundvierzig Jahre früher widerfahren ist. Es macht also keinen Sinn mehr, sich zu beschweren. Aber ebenso wenig gibt es einen Grund, warum er sich immer noch weigert, mit mir zusammenzutreffen, um endlich den Ring zurückzunehmen.«

Mit diesen Worten zog sie einen Bogen Papier hervor, faltete ihn sorgfältig auf und begann zu lesen. Es waren Ausschnitte aus Kierkegaards Tagebuch.

»›*Es hat mich tief und lebhaft daran erinnert, dass sie*‹ – und damit meint er mich«, sagte Regine Olsen, »›*ja doch nicht das erste Anrecht auf mein Leben hat. Nein, nein, menschlich gesprochen – ja, das ist gewiss, und wie gern würde ich es ausdrücken –, hat sie das erste und einzige Anrecht auf mein Leben und soll es auch haben – aber Gott hat das erste Anrecht. Mein Verlöbnis mit ihr und der Bruch sind eigentlich mein Gottesverhältnis, sind, wenn ich so sagen darf, göttlich mein Verlöbnis mit Gott.*‹«

›Was für ein Unsinn‹, dachte Keller und sah auf den Bogen Papier, den Regine Olsen, als müsse sie ihn loswerden, auf engstem Raum zusammenfaltete, und ihr Blick verriet, wie gekränkt sie war. Sie hoffte also immer noch darauf, dass jener, der ihre Verlobung und auf so selbstgefällige Weise gegen eine Gottesgewissheit eingetauscht hatte, dass er, der ihr im Leben ständig ausgewichen war, sich endlich zeigen würde.

»Soll er doch sagen, ob er Gott gefunden hat. Mir ist er jedenfalls nicht begegnet«, sagte sie, und Keller spürte, dass er außerstande war, dieser Frau, die er nicht kannte und die ihm im Grunde gleichgültig war, zu helfen. Gleichzeitig wunderte er sich darüber, dass er plötzlich wünschte, die Munch'sche Figur, dieses Sinnbild von Angst, Furcht, Zittern und der Krankheit zum Tode, würde die Hände von ihrem Gesicht lösen, würde auf Regine Olsen zugehen, würde den Ring an sich nehmen, und zuletzt würden beide, Regine Olsen wäre bemüht, Abstand zu halten, zuletzt würden beide auf das Ende der Brücke zugehen, wo Keller sie schließlich aus den Augen verlor.

Nun war er allein. Ein kalter Wind kam auf, und da war niemand mehr, mit dem er hätte reden können. Eines aber wusste er sicher: Er würde nicht ins Museum, in dieses dreizehnstöckige, gekrümmte Gebäude, zurückkehren.

Ein Schritt in die Abstraktion

Der Mensch hat die Fähigkeit, die eigene und sonstige Natürlichkeit gedanklich zu übersteigen, das heißt, er hat ein Bewusstsein, und dieses Bewusstsein schafft eine imaginäre Welt und richtet sich danach aus. So hat das Transzendenzbegehren, das nach den strengen Regeln der empirischen Wissenschaft für null und nichtig erklärt werden muss, handfeste Tatsachen geschaffen, zum Beispiel den immer wieder beschworenen, erneuerten und auch in der Politik angewandten Kontext von Religionen. Unser Erkenntnisvermögen hat es nicht vermocht, jene willkürlichen Wünsche auszuschließen, die darauf gerichtet sind, ebendiesem Erkenntnisvermögen ausgedachte Schimären beizumischen. So stehen wir heute immer noch als intellektuelle Zwitterwesen da: Wir erkennen, wollen aber auch, was für uns unerkennbar bleibt, in die Welt gesetzt wissen, und erst wer diesen Widerspruch im eigenen Bewusstsein gelten lässt, kann sich mit der Paradoxie, die unsere Existenz bestimmt, aussöhnen.

Da ist zum Beispiel der Gottesbegriff. Er entzieht sich der wissenschaftlichen Logik, nicht aber der Logik existentieller Bedürftigkeit. Also bleibt Gott, obwohl unbeweisbar, anwesend. Es hat Versuche gegeben, diesen Widerspruch aufzulösen. Es ist nie gelungen. Der Atheismus der letzten hundert Jahre war offensichtlich ein unsinniges Unterfangen, da sich das Absolute jedem Zugriff und damit jeder Definition entzieht, aber doch gedacht und damit in die Welt gesetzt werden kann. Gott ist als heraufbeschworenes Abstraktum beides zugleich: Abgrund des Unerkennbaren und Flügel des Trostes, um darüber hinwegzukommen. Und erst, wenn wir dies akzeptieren, werden wir fähig, ein derart vages, aber lebenswichtiges Phänomen wie den Glauben an Gott ernst zu nehmen und ihn der Arroganz und Vormundschaft des Intellekts zu entziehen.

Die strikte Wissenschaft ist dazu nicht in der Lage, und wir müssen heute, nach fast fünfhundertjähriger Geschichte europäischer Aufklärung, zugeben, dass mehr von der bewussten Natur des Menschen der Metaphysik zugerechnet werden muss, als uns lieb sein kann, und dass es offenbar doch ein Sündenfall war, vom Baum der Erkenntnis zu essen.

Das Ziel der Aufklärung ist hinlänglich bekannt. Radikaler wurden Welt und Mensch noch nie aus der Sicht der Wissenschaft erfasst und zur Materialität erklärt. Es ist der von jeder transzendenten Einbildung freie, nur der eigenen Gedankenarbeit verpflichtete Einzelne, der sich selbst sozial bestimmt und der nun fähig wird, die Ethik aus ihrer flüchtigen, metaphysischen Form zu erlösen. Es ist die Gottwerdung des Menschen aus der Anstrengung zur Vernunft, und höher lässt sich der Autonomiegedanke nicht treiben.

Aber auch die Naturwissenschaft, die ausschließlich das Reale gelten lässt und die dem Irrealen, also der Vorstellungswelt, die Attribute des Erkennbaren verweigert, endet in der Absurdität. Oder wie soll man den Ehrgeiz verstehen, für die eigene Nichtigkeit immer neue und immer unwiderlegbarere Beweise herbeizwingen zu wollen. Wir wissen, dass wir einem lebensfeindlichen Universum angehören, und wir lesen tagtäglich in den Zeitungen, wie unwiderruflich und nachweisbar man diesen Sachverhalt durch immer neue Entdeckungen anreichern kann. Wo die Wissenschaft die Lebensumstände des Einzelnen technologisch absichert, dort ist sie unersetzbar. Aber wo sie zum x-ten Mal erklärt und anschaulich vorführt, wie Galaxien oder zwei schwarze Löcher aufeinander zurasen, dort könnte man zumindest erwarten, dass sich ein Erschrecken einstellt.

Aber die strikte Wissenschaft kennt kein existentielles Erschrecken. Sie versucht, selbst das Unbegreifliche irgendwie begreiflich zu machen, und wem die Existenz eines Stephen Hawking gegenwärtig ist, der kann nur darüber staunen, wie hier jemand an der Erkennbarkeit der Welt, die ihn längst verabschiedet hatte, festhielt. Immerhin hatte Hawking mit seinem Hinweis, dass die Schwarzen Löcher sich jeder Erkennbarkeit entziehen, zugelassen, dass man dort etwas Transzendentes, vielleicht Gott, vermuten könnte, aber es war ein Zugeständnis, das immer das objektive, nie das subjektive Befinden als Grund geltend machen konnte. Und hier entscheidet es sich: Die einen versuchen, den Mond mit allen Konsequenzen wissenschaftlich zu erfassen, die anderen suchen sich, wie zum Beispiel Matthias Claudius, ihren eigenen Mond.

Der Mond ist aufgegangen
Die goldnen Sternlein prangen
Am Himmel hell und klar.

Der Wald steht schwarz und schweiget,
Und aus den Wiesen steiget
Der weiße Nebel wunderbar.

In dieser Naivität, die nicht der wirklichen Welt, sondern der Vorstellungswelt geschuldet ist, ist der Mensch in der Lage, seine hoffnungslose, mit allen Konsequenzen erkannte Nichtigkeit nicht nur auf religiöse, sondern auch auf poetische Weise zu kompensieren. In der Enge seiner irdischen Existenz, die, sieht man von dem Stethoskop über den Erdschatten hinaus, gerade einmal die Ausmaße eines Asteroiden hat, in diesem Gebilde, das, wissenschaftlich betrachtet, eine flüchtige Erscheinung, ein Nichts vor dem Unendlichen ist, kann das Bewusstsein etwas herbeizaubern, das dem Ganzen erfolgreich widerspricht. Wer die Kulturgeschichte der letzten zweitausend Jahre im Blick hat, der kann nur staunen, wie auf der Enge eines Trabanten eine erfundene, der Poesie, dem Glanz des schönen Scheins verpflichtete Welt entsteht. Er wird auch Zeuge, wie der Mensch das Universum auf transzendente Weise übersteigt. Oder wie soll man jene Zeilen deuten, in denen Rilke wie nebenbei, ohne Dogmen oder konfessionelle Gebundenheit, eine Gottesnähe erzeugt.

Herr: es ist Zeit. Der Sommer war sehr groß.
Leg deinen Schatten auf die Sonnenuhren,
und auf den Fluren laß die Winde los.

Befiehl den letzten Früchten voll zu sein;
gieb ihnen noch zwei südlichere Tage,
dränge sie zur Vollendung hin und jage
die letzte Süße in den schweren Wein.

Wer jetzt kein Haus hat, baut sich keines
mehr.
Wer jetzt allein ist, wird es lange bleiben,
wird wachen, lesen, lange Briefe schreiben
und wird in den Alleen hin und her
unruhig wandern, wenn die Blätter treiben.

Diese Zeilen sind religiös gestimmt, aber in einer Weise, die diese Gestimmtheit im Zustand des Alleingelassenseins wieder auflöst. Und auch die Religion ist imstande, das ständige Oszillieren des Menschen zwischen nihilistischer Verzweiflung und Hoffnung auf Transzendenz in der Balance zu halten. Es ist eine Art kosmischer Pantheismus, mit dem das Christentum den Aufschrei des Gekreuzigten – »Mein Gott, mein Gott, warum hast du mich verlassen!« – durch das Wunder des Ostergeschehens relativiert.

Aber es gibt Unterschiede. Wo die Kunst ihre Verlässlichkeit dem schönen Schein überlässt, dort muss die Religion ihren Ursprung, nämlich die Welt der Vorstellung, mithilfe von Dogmen untermauern. Existenzieller Glaube braucht Gewissheit, auch wo dies unmöglich erscheint. So wird Gottes Existenz voraussetzungslos, die Umstände werden konfessionalisiert, der Glaube soll dem Transzendenzbedürfnis Sicherheit verleihen, ja, ganze Philosophien werden, wie bei Kierkegaard, zu Papier gebracht, um der »Krankheit zum Tode« ausdrücklich zu widersprechen. Mit anderen Worten: In der Sphäre der Kunst sind und bleiben die Evangelien das, was sie sind, nämlich überlieferte Prosa, in der Religion werden sie zur Heiligen Schrift. Unvorstellbar, dass man, wie bei Rilke, im bloßen Anschauen eines Herbsttages, im trostlosen Dahintreiben verwelkter Blätter, ein transzendentes Genüge finden kann.

Die Religion hat es schwerer als die Kunst. Sie ist ein Schwebezustand schon deshalb, weil sie ihren Wahrheitsgrund weder aus der Anschaulichkeit noch aus der Erkenntnis, sondern aus der Mythologie herbeizwingen muss. Die Kunst aber ist, was die Deutung unserer Existenz angeht, ganz und gar unparteiisch, und es muss ihr, wo sie dem Humanen verpflichtet bleibt, erlaubt sein, das eigene Befinden ohne konfessionelle Gebundenheit in Rechnung zu stellen. Immerhin hat das Christentum die Kunst jahrhundertelang majorisiert. Bis zur Renaissance war es geboten, Bilder mit religiösem

Sachverhalt zu malen. In der Musik herrschte das obligatorische *Stabat Mater,* und erst im 19. Jahrhundert emanzipierte sich die Kunst, um sich der eigenen Befindlichkeit zu widmen.

Aber es gibt nach wie vor Berührungspunkte zwischen den beiden Ziehkindern der Vorstellungswelt, und besonders dort, wo sie sich in ihren mythologischen Vorgaben unterscheiden. Eine dieser Vorgaben ist der Zustand des Todes. Für die Religion ist der Tod transzendenzunfähig und muss, mit welchen Mitteln auch immer, überwunden werden, für die Kunst ist er eine Gelegenheit zur Transzendenz. Wo auf der einen Seite erst nach der Auferstehung etwas Anschauliches wiedergewonnen werden kann, ist die Freiheit zur Fantasie in der Lage, einen Sachverhalt in der Sphäre des Nichts zu etablieren.

Zitatnachweis

Seite 21: Giacomo Puccini, *La Bohème*. Libretto, Akt 4

Seite 91: Aus: *Kierkegaards Verhältnis zu seiner Braut. Briefe und Aufzeichnungen aus seinem Nachlaß.* Hg. von Hermann Lund. Leipzig, 1904. Zitiert nach: Peter P. Rohde, *Kierkegaard*. rororo bildmonographien, Rowohlt Taschenbuch Verlag GmbH, Hamburg, 1959

Seite 98: Matthias Claudius, *Abendlied.* Aus: Werke. Sämtliche Werke des Wandsbecker Boten. J. G. Cottasche Buchhandlung Nachfolger, Stuttgart, 1966, S. 264

Seite 99 f.: Rainer Maria Rilke, *Herbsttag.* Aus: Sämtliche Werke in zwölf Bänden, Band 1. Insel Verlag, Frankfurt am Main, 1955

Novellen
96 Seiten
Auch erhältlich als eBook

»Liebe ist keine Gelegenheit zur Freiheit, sie geschieht aus Not«, denkt eine Frau, die begreift, dass ihr Mann sie verlassen hat. Sätze wie dieser haben Hartmut Langes Prosa berühmt gemacht, dunkel leuchtend und geheimnisvoll und zugleich kristallklar und evident. Vier Novellen und ein autobiographischer Text – Weihnachten 1944 in Naßwerder, die Schrecken der Flucht, der Tod des Vaters und später des Bruders –, prägende Ereignisse für sein Leben und Schreiben.

Novellen
128 Seiten
Auch erhältlich als eBook

Fünf Novellen, die im Südwesten von Berlin spielen und durch die sich der Teltowkanal mit seinen schwarzen Krähen, versteckten Villen und unwegsamen Waldstücken wie ein roter Faden zieht. Darüber ein Himmel, der durch eine Aschewolke plötzlich verschlossen wird.

Erzählungen
112 Seiten
Auch erhältlich als eBook

Hartmut Langes Geschichten spielen in München, einer Kleinstadt bei Hamburg, an der Ostseeküste, an der rauhen Nordwestküste Englands. Und immer wieder in Berlin, wo sich Vergangenheit und Gegenwart besonders augenfällig durchdringen. Acht taghelle, geheimnisvoll verdichtete Erzählungen, die prekäre Gemütszustände darstellen und kunstvoll auffangen: trügerische Glücksversprechen, unerfüllbare Sehnsucht, die Not einsamer Menschen, die Berührung mit dem Bösen, die Angst zu versagen.

Novellen
144 Seiten
Auch erhältlich als eBook

Novellen, die vom Zustand jener Unglücklichen erzählen, denen das Bewusstsein ein besonderes Verhängnis war. Novellen über Nietzsches Wahnsinn, die Goebbels-Kinder, den rätselhaften Freitod von Kleist und Henriette Vogel, den Nihilisten Alfred Seidel, der, kaum neunundzwanzig Jahre alt, in einer Erlanger Nervenklinik endete, und über eine Jüdin, die mit einem ss-Mann, ihrem Mörder, spazieren geht.

Novellen
144 Seiten
Auch erhältlich als eBook

Novellen, die vom Zustand jener Unglücklichen erzählen, denen das Bewusstsein ein besonderes Verhängnis war. Novellen über Nietzsches Wahnsinn, die Goebbels-Kinder, den rätselhaften Freitod von Kleist und Henriette Vogel, den Nihilisten Alfred Seidel, der, kaum neunundzwanzig Jahre alt, in einer Erlanger Nervenklinik endete, und über eine Jüdin, die mit einem ss-Mann, ihrem Mörder, spazieren geht.